CB080628

dançar na beira do abismo

dançar na beira do abismo

Priscila Pacheco

LETRAMENTO

Copyright © 2020 by Editora Letramento
Copyright © 2020 by Priscila Pacheco

Diretor Editorial | Gustavo Abreu
Diretor Administrativo | Júnior Gaudereto
Diretor Financeiro | Cláudio Macedo
Logística | Vinícius Santiago
Designer Editorial | Luís Otávio Ferreira
Assistente Editorial | Giulia Staar e Laura Brand
Capa | Sergio Ricardo
Revisão | LiteraturaBr Editorial
Diagramação | Isabela Brandão

Todos os direitos reservados.
Não é permitida a reprodução desta obra sem aprovação do Grupo Editorial Letramento.

Dados Internacionais de Catalogação na Publicação (CIP) de acordo com ISBD

P116d Pacheco, Priscila Kichler

Dançar na beira do abismo / Priscila Kichler Pacheco. - Belo Horizonte : Letramento, 2020.
78 p. ; 14cm x 21cm.

ISBN: 978-85-9530-378-2

1. Literatura brasileira. 2. Contos. I. Título.

2020-400 CDD 869.8992301
CDU 821.134.3(81)-34

Elaborado por Vagner Rodolfo da Silva - CRB-8/9410

Índice para catálogo sistemático:
1. Literatura brasileira : Contos 869.8992301
2. Literatura brasileira : Contos 821.134.3(81)-34

Belo Horizonte - MG
Rua Magnólia, 1086
Bairro Caiçara
CEP 30770-020
Fone 31 3327-5771
contato@editoraletramento.com.br
editoraletramento.com.br
casadodireito.com

Grupo Editorial LETRAMENTO

A vida vai, lenta e inelutavelmente, sendo erguida pelo tempo que jorra de todos os lados. A não ser pelos detalhes, tudo é sempre igual. E, a cada dia que passa, aumenta o desejo pelo momento em que a vida chegará ao topo, o momento em que as comportas se abrem e ela enfim toma seu rumo.

Karl Ove Knausgård,
A morte do pai

SUMÁRIO

Os desvios são necessários para dar vida às coisas

Quero um pouco de tudo aquilo que nos tira da realidade.

Os olhos fechados contra o sol. A janela de um avião. A vida por trás dos apartamentos acesos à noite ou dos rostos na rodoviária. As formas em movimento no fundo da piscina. Os sons do universo paralelo no fundo do mar. Quase todos os livros. O céu. Um café no Campus Centro.

***

É pretensão minha imaginar o que outra pessoa diria? Bom, todo escritor precisa dessa pretensão. Era mais ou menos o que eu pensava quando ele entrou na sala. E na verdade não importa se na realidade a pessoa nunca diria aquilo – porque não é realidade. É ficção.

Usava roupas parecidas com as que eu me lembrava de ver nas eletivas da faculdade. Calça jeans escura dobrada nos tornozelos, calçados que eram um híbrido entre tênis e botinas, camisa xadrez com as mangas também dobradas, pulseiras de couro no pulso esquerdo, óculos. Os grisalhos, antes restritos à região próxima das orelhas, tinham se espalhado.

Faltavam dez minutos para o horário marcado, a sala ainda não estava cheia. Ele largou a pasta sobre a mesa, separou umas folhas e alguns livros e olhou ao redor. Tentei ler os títulos pela lombada, mas a miopia não deixou. Reconheci Deleuze e Borges. Tentava decifrar um terceiro quando percebi que ele estava olhando pra mim. Olhei de volta. Sorri. Tudo bom? Veio na minha direção. Me reconheceu. Levantei para cumprimentar. Falamos rapidamente e ele puxou um dos livros. Já leu? Faulkner. Não, li um outro dele, bem curtinho, esse ainda não. Leitura obrigatória. Fiquei ali de pé, folheando o livro. Teria começado a ler ali mesmo.

— Gostou? Leva pra ti. Tenho outra edição igual em casa.

***

Quando a aula acabou, fui agradecer e me despedir, momentos assim me faziam sentir falta da faculdade, encontros para estimular o pensamento fora do eixo que só vivíamos nas cadeiras dele. Perguntou se eu tinha algum compromisso – ele tinha outra aula para dar em duas horas, podíamos tomar um café nesse tempo se eu não estivesse com pressa. Eu não estava.

Perguntei da filha pequena. Ele comentou que leu meu TCC e perguntou se eu não pensava em Mestrado. Disse que não. Muito tempo, muita entrega. Só queria umas aulas assim, de vez em quando, não deixar a cabeça parar.

— Mas tu continua escrevendo.

Falou desse jeito, mais afirmação do que pergunta. Quase um imperativo. Aqui e ali, uma coisa ou outra. Disse que gostava dos textos que eu escrevia, que eu não devia deixar isso de lado.

— *Os desvios são necessários para revelar a vida nas coisas.* Até hoje lembro do momento que anotei essa frase. Não sei se é minha ou se veio de algum texto, mas nunca esqueci.

— Não faz diferença, agora é tua. Tu te apropriou, deu um sentido pra ela; é tua.

***

Era um sábado frio no fim do verão. Pegamos um segundo café e ficamos ali até a hora em que ele teve que subir de novo, para a segunda aula da tarde. Falamos sobre as aulas, os exercícios de escrita que ele costumava passar, as idas e vindas dos nossos tempos, curvas de leituras, as prisões e potencialidades da língua.

Ignorar os próprios fantasmas é só mais um jeito de mentir.

— Quando a gente escreve, e cria uma história, personagens, cenários, isso vem do nada. Claro que tem todas as referências, todas as leituras anteriores, todas as memórias. Mas essencialmente vem do nada. Como algo pode vir do nada?

***

Costumava tocar uma música contínua, que carregava o tempo em direção ao futuro. Um dia, contudo, a música silenciou, e foi quando o futuro retrocedeu. Se o futuro pode retroceder, poderemos nós ir adiante? Antes que o tempo passe e nos leve até lá, antes que o futuro seja.

No fim, só podemos voltar. E voltamos sempre.

— É preciso acreditar nas próprias histórias. Se nem a gente acredita, por que alguém mais iria?

Parei

O barulho do ventilador embutido no elevador.

Mal refrescava, aquele ar. À esquerda, a tela do tamanho de uma folha A4 mostrava a tabela do campeonato brasileiro. Estávamos só os dois ali dentro, e o elevador surpreendentemente não parou em nenhum andar, mas mesmo assim a descida pareceu levar uma eternidade.

O tempo costuma demorar a passar quando procuramos palavras.

Na rua, ele colocou os óculos escuros que trazia pendurados na gola da camisa.

— E aí, aonde vamos? Não vou poder demorar muito. Surgiu uma reunião...

Era assim. Ou vinha sendo assim, há mais tempo do que eu conseguia lembrar. Como se fosse um favor. *Pronto, estou aqui, cedendo uma hora do meu precioso tempo e da minha valiosa presença pra ti. Não era isso que tu queria?*

***

Sentamos em uma das mesas ao lado da janela. Pedimos nossas bebidas. O garçom riscou uma comanda e a deixou sobre a mesa.

— E aí, como vão as coisas?

— Tudo certo, eu acho. E contigo? Parece bem ocupado.

— É, é muita coisa. Mas tá tudo bem. Tirando não ter mais tempo pras coisas.

Nos servimos e começamos a comer, em silêncio.

...

— Acho que finalmente aprendi a me manter assim, sabe? Sem deixar as coisas me afetarem. E aí fica tudo bem. Claro, não chego a me empolgar com quase nada, mas pelo menos não sofro que nem antes.

— Que bom, se isso funciona pra ti.

...

— E como tão as coisas com a Bruna?

— Ah! Não te falei? Decidimos morar juntos.

— Não falou. Que bom! Ficou sério mesmo, então?

— Parece que sim, né?

— Pois é! Mas, sério, que bom! Tomara que dê certo.

...

— E tu? Alguma novidade nesse sentido?

— Nada que tu já não saiba.

— Não rolou lá com o carinha?

— Ah, sei lá. A gente conversa, eventualmente. Mas se ele quisesse alguma coisa já tinha acontecido. Eu já dei todas as aberturas possíveis. Enchi o saco de ficar tentando. Se não volta, não volta. Né?

...

***

Houve o tempo em que não sabíamos o que dizer porque tínhamos o que dizer. O mundo dentro de nós. E agora o que nos restava era isso – almoços de superfície, temperados por silêncios desconfortáveis.

Quando nos tornamos essas pessoas? Que nunca têm tempo, mas nunca têm culpa?

Eu queria dizer isso para ele. Queria dizer que as escolhas são nossas. Que as prioridades e o tempo são escolhas nossas.

***

Ele comia rápido. Tinha recém passado da metade do meu prato quando vi que ele colocou na boca a última garfada. E eu não poderia adivinhar se era sempre assim ou só porque estava comigo. Pensei em acelerar, mas também pensei: foda-se, esse não é um problema meu.

Me lembrei do Piglia: "Eu tinha esquecido as palavras para falar com ela". Era isso. Eu não tinha mais as palavras para falar com ele.

Queria a amizade que já não existia. E lutava por uma proximidade impossível de ser recuperada. *Não era isso que tu queria?*

***

De repente, mais coisas nos separavam do que nos uniam. De repente, o que antes costumava nos unir agora nos separava.

— Pode ir subindo se quiser. Vou ficar aqui pra fumar um cigarro. Tu parou mesmo, né?

— Parei.

Abaixo da superfície

É um desses lugares que definham com o tempo em vez de florescer. Que decaem em vez de revigorar.

Sempre passamos os verões aqui. E tinha sempre uma galera: os meninos mais velhos do colégio, os nossos próprios colegas, as amigas que ocupavam todos os colchões lá de casa. Além do pessoal que ficava na praia vizinha. E tudo era tão perto e a passagem do ônibus era tão barata.

Hoje não sobrou quase nada. E ninguém mais vai pra lá.

Ou nós simplesmente envelhecemos?

***

Gosto da sensação de praia vazia quando caminho. Conheço as ruas quase mais do que a mim mesma, tantos os passos que já dei por todas elas. Poderia andar de olhos vendados e bastaria contar as quadras para me localizar.

Vou para fugir.

Das pessoas, do calor, das vozes, de uma rotina ao mesmo tempo veloz e mecânica, quando abrimos os olhos e respiramos apenas pelos momentos que nos lembram que estamos vivos.

Sobretudo dos sentimentos, que aqui sempre gritam mais alto.

***

Estamos sentados na areia. Olhamos para o mar. O barulho e o movimento hipnotizante das ondas. Vão e voltam. Incessantes. Completas num ir e vir infinito. Não importa quanto tempo permaneçamos parados diante delas. E ficamos quase o dia todo.

— Esse momento alguma vez passou pela tua cabeça?

— Como assim?

— Que a gente viveria algo assim.

— Não.

Silêncio.

— Passou pela tua?

— Tantas vezes que tu não é capaz de imaginar.

— Acho que sou, sim. Mas nenhuma versão poderia ser melhor do que essa. Essa é real.

— Mas tu não fica um pouco puto com isso, de algum jeito? Que a realidade seja melhor do que a imaginação?

— Por que eu ficaria?

— Porque é o que gente faz, ora. Inventar coisas. Criar histórias. Se a vida ganha disso, o que nos sobra?

— Reinventar a própria vida. Nova pausa.

— Esse momento é um pouco disso, se for pensar. Tu imaginou. Agora a gente tá aqui vivendo. Depois pode virar ficção.

— E agora? De quem foi essa ideia? Minha ou tua?

***

Não há quase ninguém na praia. São os últimos dias de verão, e a maioria das casas já está fechada, com os alarmes acionados e a poeira que reinicia o processo de se acumular sobre as superfícies.

Superfície.

O fundo é silêncio, mas a superfície é o inferno.[1]

Nunca me desfaço dessa frase. Os dias seguem seu curso de dias e, de repente, ela soa. Foi escrita sobre uma tempestade no mar. E é a vida, também.

***

1 Frase adaptada de "Barba ensopada de Sangue", Daniel Galera (Companhia das Letras, 2012)

Pela janela do ônibus, um vislumbre do que fica para trás. Uma bicicleta escorada na parede da rodoviária. Folhas secas que rodopiam pela calçada com rajadas repentinas. Nenhuma alma salvo a do atendente da rodoviária, também com os dias contados.

As ruas vazias de um lugar parado no tempo. O verão acabou.

Estávamos abaixo da superfície. Os dias eram nossos, o tempo era nosso, e o que aconteceu lá fora não penetrou o universo que criamos.

Uma gota de cerveja

Caiu uma gota de cerveja na calça que fez essa mancha espalhafatosa, diferente dos pingos normalmente arredondados, e isso foi o suficiente para me afastar. Para me puxar de volta para dentro: as coisas que estou falando, eu deveria dizer ou guardar, esquecer, meus ombros estão recolhidos, meu cabelo revirado, não sei se estou olhando nos olhos ou só para os copos, para todos ou só para um, se devo beber mais ou não, e essa voz rouca que eu gosto de ouvir mas sei lá o que os outros pensam. Foi só uma gota de cerveja. Foi só mais uma noite. Nada disso tem importância. Mas e aquilo que eu disse? Será que não era melhor não ter dito nada?

***

Um copo virou, mas no dia seguinte ninguém lembra. É como se não houvesse acontecido: todos deixam que os detalhes se percam na memória, nas horas, nos dias. A expressão nos rostos deles, a maneira como cada um se movia, uma dança de mãos gesticulantes, tudo o que dissemos, a volta para casa, os contornos da gota de cerveja que pingou na minha calça.

***

Acaba no momento em que retiro o cartão da máquina, que começa a emitir uma nota, e, enquanto tento encaixar o cartão de volta na carteira, digo sem olhar nos olhos da mulher atrás do balcão que "não precisa da minha via". Não é arrogância ou senso de superioridade. Estou bêbada e meu corpo lamenta que, mais uma vez, acabou. Não só acabou: deixou de existir. Daqui em diante, passamos a esquecer.

***

E sempre tem a ansiedade. Essa voz que de repente começa a balbuciar, questionando cada movimento meu. Da maneira como cruzo os braços – talvez não devesse cruzá-los – aos movimentos que faço ao passar a mão pelos cabelos ou quando tiro os óculos para em seguida voltar a encaixá-los no rosto. Em absolutamente tudo o que eu digo e como eu digo – que absolutamente nunca é tudo. Ela fala, eu bebo, uma gota pinga sobre a minha coxa, meu olhar vai de um a outro, ao céu, volta, busca expressões, tons de voz, a linguagem corporal, o que os olhos deles também dizem. Todos têm essa postura solta, despojada, segura. Estão confortáveis, à vontade. Não há receio ou temor, tampouco a necessidade constante de controle.

***

Volto. Seguro o copo na mão direita, com o braço apoiado no plástico amarelo da cadeira. Minhas pernas estão esticadas por baixo da mesa. Às vezes também sinto a liberdade: estou aqui e pouco importa o que eu disser. Amanhã, nada terá existido.

A verdade é que me coloco em todas essas situações – quantas forem possíveis – com apenas uma esperança. A esperança que passei a nutrir quatro anos atrás, depois de voltar de férias com uma tatuagem nova, descendo no elevador de um daqueles prédios do Moinhos de Vento. Não tinha nada a ver conosco, aquele lugar. E desde então foram incontáveis cervejas debitadas de uma conta cujo saldo não cresceu muito.

Mês que vem é possível que nos encontremos de novo. A força que me sobra para tentar e seguir adiante é a mesma que me falta para desistir. Às vezes, desistir é tudo o que precisa ser feito. Isso, ou quem sabe prestar mais atenção nas gotas de cerveja que caírem na minha perna, porque aqueles contornos de alguma forma me disseram: chega.

O instante em que perdemos as palavras

Entrei na sala e dei de cara com ele. Era alto demais para a mesa que ocupava, as pernas espremidas na parte de baixo. Não sabia se era visita, funcionário novo, entrevistado. Ficou me olhando, quiçá com a mesma dúvida. Soltei um oi tímido e passei por ele para chegar ao armário no fundo da sala. Nenhum dos dois cogitou se apresentar.

— O pessoal tá precisando de uma caixa dessas lá embaixo.

Essa pessoa é legal, lembro de ter pensado ao fechar a porta atrás de mim e chamar o elevador. Se ficar, a gente vai se dar bem.

Não é sempre. Mas há casos. Pessoas que despertam esse instinto que no resto do tempo a gente nem sabe que tem. No segundo em que as vemos – antes de ouvir a voz, antes de saber o nome. Só uma sensação. De que estamos diante de alguém que divide algo conosco. Talvez a maneira de funcionar no mundo, de absorver a vida, de sentir tudo isso.

***

— Tu é muito parecido com o Jesse Eisenberg. Alguém já te disse isso?

— Sim! Minha irmã!

Saímos do elevador e, na rua, descobrimos que fazíamos o mesmo caminho de volta. Éramos vizinhos de bairro, poucas quadras separavam nossos prédios. Quantas vezes já não teria encontrado com ele no Zaffari sem saber quem era? Parados no mesmo lugar: olhando o preço das cervejas.

Começamos a dividir aquele caminho.

Quase todos os dias: quinze ou vinte minutos em que vivíamos as mesmas pequenas doses de vida. Caronas de guarda-chuva. Paradas na praça para fumar. Difícil dizer em que momento aquelas amenidades e papos de elevador se tornaram confidências. Risadas mais frequentes que antes de percebermos acabavam em um bar. Conversas que, de repente, só éramos capazes de ter um com o outro.

Normalmente a vida acontece quando não esperamos. Olha aqui, ela diz: alguém parecido contigo. Alguém com quem se identificar. Um encontro de almas perdidas cuja essência divide a mesma raiz.

***

— Eu queria muito outro cigarro. Tu não tem aí, por acaso?

— Pior que não. Mas aquela mulher talvez tenha – indico a outra mesa com o rosto.

Olhamos pra ela. O maço ao lado do copo e da garrafa, largado tão displicente sobre o logo descascado da Skol. Vários cigarros ali.

— Eu não tenho coragem de pedir.

— Nem eu.

Rimos os dois.

— A gente é igual, meu deus – ele diz, ainda rindo.

— Mas tenho em casa, pelo menos.

— Bah, a gente podia passar ali na volta, então, né? Tu não te importa?

— Capaz, vamos lá!

Fechamos a conta e saímos a pé. Tinha isso também. Nossos caminhos, que gostávamos de percorrer a pé. Nenhum dos dois tinha carro. Nenhum dos dois fazia questão de ter um carro. Nenhum dos dois era do tipo que chama um Uber quando pode caminhar. Mesmo à noite. Mesmo em uma cidade como Porto Alegre.

Mesmo sozinhos.

***

Para o coração a vida é simples: ele bate o quanto puder. E então para. Ele fecha o livro e coloca de volta sobre a mesa, admirado com a abertura.

— Não sei se a morte é algo que me faz sofrer, sabe? Pra mim é algo que acontece.

— É, acho que eu encaro um pouco assim também. Uma parte da vida que a gente sabe que um dia vai chegar.

— Claro, tu nunca quer e nem espera que aconteça, muito menos com as pessoas que tu ama.

— Mas é parte do processo.

— Exato. Inclusive, ou principalmente, pra quem fica.

Acendemos o segundo cigarro, abrimos a segunda cerveja. Cada um jogado para trás em uma ponta do mesmo sofá de onde agora escrevo. Falamos sobre morte, sobre amar, sobre incertezas e o que fazer da vida, sobre nossa necessidade de isolamento, tempo e distância mesmo das pessoas de quem mais gostávamos. Sobre os caminhos que haviam nos levado até aquele momento, que hoje pode ser só uma projeção da memória.

O ápice da cumplicidade a que uma amizade poderia chegar: não era mais preciso falar.

***

Até que aconteceu: a vida.

***

O tempo jorra, se espalha ao mesmo tempo em que desvanece. Somos tragados, sempre. Começa com uma semana atribulada, mais compromissos que o normal, às vezes coincide de tudo se concentrar no mesmo período. A semana passa e surge uma viagem. Férias. Reuniões fora do estado. Um congresso em outro país.

Estamos parados e o mundo gira. Damos um passo e giramos com ele. Abrimos os olhos, e aquela semana foi há dois anos. Colocamos em duas horas as conversas de um ano inteiro. Tu soube que vou me mudar? E a entrevista, como foi? Mais uma semana, mais um ano.

***

Ele passa por mim, levanta as sobrancelhas e sorri sem graça. Sem saber o que dizer. Sem saber me cumprimentar. O tempo. Correndo indiferente entre tentativas vãs de um desespero estúpido e unilateral. Quando não há mais nem perguntas nem respostas. Nos perdemos no instante em que perdemos as palavras.

A língua que ninguém fala

Não poderia falar do lugar porque nunca havia estado ali antes. A textura dos tijolos e o contraste com o verde da placa que indicava o nome da rua. A porta dupla de madeira, estreita e alta. Janelas envelhecidas, as manchas nos vidros que pareciam dizer: estamos aqui há tempo demais.

Havia duas xícaras de café e um senhor que me olhava do outro lado da mesa, ainda que não me visse. Rugas sob os olhos, as mãos sobre a bengala. As tábuas do chão rangiam com o ir e vir dos garçons, como eu amava aquele ruído, e o espanhol que se ouvia era música.

Ele não via, eu não falava. Pela janela, o tempo.

***

Talvez estejamos sonhando agora. Pode ser que sonhemos a vida todos os dias, como seres de uma dimensão em que o sono e os sonhos ocupam um espaço tão superior ao da vigília que não nos lembramos dela. Ou sequer sabemos o que é.

Nosso mundo pode ser o inferno de outro. Uma página de um livro. Não há nada que nos prenda ao tempo em que supostamente estamos. Quando afundamos e os sons se dissolvem em ruídos que o ouvido humano não é capaz de distinguir.

É a história de muitas histórias que são a mesma história. Múltiplos tempos que são o mesmo tempo. A eternidade que cabe em um segundo é a mesma que não conseguimos assimilar. Absolutamente todo o antes e todo o depois, rumando ao infinito. A memória também é uma construção: criamos sobre ela. Inventamos nosso passado a cada lembrança.

***

Vivemos uma sucessão de histórias inacabadas em uma trajetória infinita.

Não muito longe do café de tábuas que rangem, uma menina na praça escreve no diário. Aos oito anos, sem saber aonde aquelas palavras vão chegar.

É possível que os corpos carreguem memórias do futuro? E enquanto ela mexe o punho riscando as letras no papel o movimento carrega todas as palavras que ainda serão escritas. Ela para por um momento, levanta os olhos sem se fixar em nada, buscando a próxima palavra, e esse olhar contém todos os olhares que buscam palavras. Ela abraça o silêncio, e esse abraço se estenderá pela vida inteira.

Escrevemos em uma língua que ninguém fala.

***

— Ainda temos tempo?

— Temos o tempo que for preciso.

— Gostaria de ter vivido no teu tempo.

Percorro as linhas do rosto dele, uma a uma. É uma dessas pessoas com rostos que fazem carinho no olhar. O tempo é uma língua que ninguém fala.

O garçom chega com os bolinhos e enche as xícaras com mais café.

— Mais alguma coisa?

Tempo. Gostaríamos de mais tempo.

Inebriante

— É rádio?

— Não, meu celular tá conectado.

— Pode deixar essa no *repeat*?

Uma vida inteira pode passar sem que nunca se entre em um táxi cujo motorista escolhe ouvir Morrissey. Fosse mais nova, teria olhado para a cara do sujeito, quem sabe puxado conversa, mas nesse momento só a música interessa. Escoro a cabeça no banco para ver o céu que corre pela janela suja do carro. A cidade costeira que esqueceram de fechar. Todos os dias são domingos.

***

Era uma daquelas noites de ar abafado que clamam uma cerveja, um boteco qualquer onde se possa dar vazão ao que os dias não permitem falar – tudo, para que tudo se desprenda de nós. O marasmo morno no fim de uma sexta-feira de verão, o ar carregado ao mesmo tempo pelo calor e pelas palavras ainda silenciosas que esperavam o momento de se concretizar. Quando nenhuma semana é diferente da anterior, e todos os dias gritam por um escape, qualquer coisa que nos afaste da mesquinharia e da sordidez.

Demorou um pouco. Não é na primeira nem na segunda garrafa que acontece. E quem saberia dizer quando? O momento em que os efeitos do álcool começam a agir sobre a realidade. De repente nossos corpos estão relaxados, soltos nas cadeiras como no sofá de casa, e não importa que o suor na testa seja visível. De repente estamos falando tudo o que teremos dificuldade para lembrar no dia seguinte, uma conversa impossível de ser reconstruída.

É possível que esses momentos existam apenas para serem o que são: um parêntese de tempo ao qual não poderemos voltar nem pela memória. Na medida em que as garrafas vazias eram substituídas por outras cheias e geladas, as palavras saíam de nós. O céu continuava estrelado. As outras mesas, espalhadas pela calçada, estavam todas ocupadas, mas não se ouvia o que diziam.

***

Na época, agarrava-me àquelas horas mais do que a qualquer outra coisa. Na tentativa de recuperar e repassar a conversa na cabeça, não deixar que nenhum pedaço se perdesse na enxurrada de informações de um novo dia. A memória é falha, traiçoeira. Não queremos perder – mas quanto mais tentamos reter as palavras mais rápido elas inevitavelmente escapam, atrás de olhos marejados, envoltas em um misto de empolgação e tristeza. Minuto a minuto, passaram, fazendo graça. E então eu paro. De mãos atadas diante do meu desejo de eternidade de um momento feito para acabar.

O olhar que se prendeu um pouco mais do que o normal, cúmplice. O sorriso que foi dado apenas para mim, porque não havia mais ninguém ali. Uma gota de atenção. Apeguei-me a detalhes assim, unilaterais e quase vazios, para embasar a crença de que algo poderia existir. E a sensação de acreditar é inebriante: qualquer coisa é a prova cabal de que não somos loucos.

***

Em tudo, o tempo é soberano. Sob quaisquer circunstâncias, age silenciosamente sobre nós. Dia a dia, a corrente de palavras cessou. O percurso entre amar e não saber por que amar é a caminhada inversa ao longo do curso de um rio, abundante no início, até que não exista nada além de um sentimento latente enterrado. Ele está logo ao lado, mas existe e sorri para pessoas que eu jamais poderia ser.

No banco de trás do carro, não sou capaz de lembrar.

Talvez o taxista esteja fazendo um caminho mais longo porque entendeu minha necessidade de estar aqui, olhando o céu pela janela, ouvindo essa música, sem saber ao certo quantas horas restam até que o dia amanheça. Ou talvez eu não esteja sentindo o tempo, como as horas que passamos conversando e das quais agora sobram apenas sensações. Um arrepio que percorre meu corpo ao pensar que já estivemos tão perto.

Ninguém vê nada

Meia hora se passou sem que eu dissesse uma palavra. Ela estava esperando, contudo. Por algo. Um sinal. Um começo. Um ruído qualquer. Um fio de história que ela pudesse puxar.

Nada.

— Não tenho mais o que dizer.

Meus olhos encaram o vazio.

Tenho vontade de rasgar o fluxo do tempo e desfazer todas essas distorções. Calar todas as bocas. Interromper todos os pensamentos e o curso de uma vida que não é a vida certa. Que mundo é esse em que todas as distopias parecem plausíveis?

Elenco desgraças desejáveis e assisto aos absurdos que desfilam ao meu redor. Não tenho ânimo de me insurgir contra nenhum deles. Ela esperava mais de mim. Ela sabe que eu poderia mudar tudo por nós duas e por isso a mágoa.

— Por que você não faz nada? – me pergunta.

Eu não sei.

As ondas do tempo explodem, os dias se repetem, um segundo substitui o outro. Estamos em um carrossel ou em uma roda-gigante – qualquer coisa que gira sem sair do lugar. O mundo passa diante de nós e do alto podemos ver o horizonte. A fronteira de um buraco negro é chamada de horizonte de eventos.

Desço e caminho, mas por mais que eu ande há sempre um limite, uma barreira que não consigo ultrapassar.

— Sozinha eu não vou conseguir – digo a ela.

— Você sabe que não pode contar com mais ninguém – retruca –, somos só nós.

— Eu sei.

— Não é exatamente estar sozinha.

Quando no fim da tarde o céu muda de cor, as primeiras estrelas despontam para nos lembrar: o que vemos não existe mais. Olhar para o céu à noite é enxergar o passado. De frente, nos olhos. São as estrelas os olhos do passado. Outros mundos foram possíveis, outros mundos ainda serão.

Já não falo com mais ninguém. Desapareço todos os dias: em meio a uma vida que não é minha, em meio a palavras que não são minhas. Meu é o silêncio, minha é a solidão.

— Até onde vamos com isso? – pergunto.

Ela sabe, mas não responde.

Qualquer que seja o final, o carregamos conosco desde o começo. Trazemos a morte no peito no momento em que viemos à vida. Eu só queria mais tempo para conversar. Para descobrir os mundos que se perdem em reuniões, séries, mensagens virtuais e vídeos efêmeros. Um dia para exibir um fragmento inútil de vida. Somos feitos de fragmentos e assim nos apresentamos ao mundo. Ninguém vê nada.

Sete bilhões de pessoas. Todas paridas por uma mulher. Na rua, a vida segue – à margem de tudo.

— Vai ser assim até o fim.

As roupas secaram

Penduro as roupas recém lavadas no varal. Mais roupas do que o espaço permite. Minha mãe diz que assim vou acabar estragando a máquina de lavar. Porque boto coisas demais ali dentro. Mas a máquina tá ali há dez anos e continua funcionando.

E o varal não arrebentou.

Dentro de mim cresce um grito que escapa às vezes em sonho: a janela ficou aberta, entraram em casa, um cachorro parado à porta do quarto, quando levanto e me aproximo ele foge, tem mais medo de mim do que eu dele, mas porque grito e o assusto, ele reage e me ataca.

Seria uma metáfora?

— Não sinto mais tua falta. – Tenho vontade de dizer. – Tudo o que podia acontecer entre nós já aconteceu. Não sobrou nada, e o resto é só complicação. Respostas que não quero mais dar porque me obrigam a lembrar que não sou quem gostaria de ser.

O amor é só demência e confusão.

Se é.

O silêncio agora tem horários. Não terminei a mala. Não apertei o parafuso solto da porta do banheiro. Comprei bananas.

Lembrei do Samuel, que tá na Nova Zelândia. Disseram que ele vem agora. Em algum momento desse mês. Ou no começo do próximo? Foi só uma noite. Beijos numa pista lotada. Escorados na parede suja. O chão grudando de cerveja derramada. Nossos corpos colados, pernas e braços que se moviam como se quiséssemos subir um no outro. O volume entre as pernas dele querendo escapar das calças. Depois nos perdemos no meio das pessoas. Ele chegou a pegar meu celular. Trocamos umas mensagens. E poucos dias depois ele viajou.

Agora vem de novo, não sei por quanto tempo. Também não sei quase nada sobre ele. Mas sairia de novo nem que fosse só por mais um beijo daqueles. Desses que a gente ainda sente nos lábios no dia seguinte.

Dormentes.

Extasiados.

Por que pensar nisso agora?

Tudo o que me chega à cabeça em uma noite de insônia com o mesmo objetivo: adiar a realidade. Mas já são quatro da manhã, acordei cinco vezes, virei na cama a noite inteira, pesadelo atrás de pesadelo.

Penso na gente nas escadas da Borges. Escorados ali, tomando uma cerveja.

— Tu vai voltar comigo dessa vez?

— Vou. Nunca entendi por que não fui da última, pra ser sincera.

— Nem eu.

— Acho que eu não faço muito sentido.

— Melhor assim.

Olhamos para um céu sem estrelas. É uma noite de nuvens, como o será o dia de amanhã. Subimos as escadas e pegamos à direita. Juntos, rumo ao desconhecido.

Acordo e não tenho vontade de levantar. Eu nunca tenho vontade de levantar. Como se escondida do dia na penumbra do quarto pudesse manter ali também minhas angústias. Bobagem. Preciso tomar banho e varrer o chão.

Abro meu caderno, anoto pensamentos aleatórios. Os sonhos estranhos que tenho. Levanto as cortinas da cozinha, coloco música, corto alho e cebola. Gosto do cheiro de alho que fica nos dedos. Depois passo um café e olho pela janela.

Parece que as roupas secaram.

As coisas acontecem ou não acontecem

— Dois copos, por favor.

O garçom voltou, largou os copos e a Serramalte na mesa, riscou a comanda e desapareceu outra vez dentro do bar. Conheço pessoas que poderiam achar uma ofensa, deixar as coisas ali sem dizer nada, não servir o cliente. Já eu gosto especialmente desses, que não dizem nada e deixam as coisas na minha frente para eu fazer com elas o que bem entender. Enchi um copo para mim e fiquei encarando a dupla de vazios do outro lado. Um copo e uma cadeira. À espera.

As coisas acontecem ou não acontecem.

***

Tinha decidido falar há uns quatro ou cinco meses, depois do que fiquei sabendo. Na hora senti o peito apertar, como se de repente uma bomba de sucção tivesse sido acionada, e tudo dentro de mim estava prestes a implodir. Eu sabia que era questão de tempo, mas saber que algo vai acontecer não necessariamente nos prepara para o momento em que de fato acontece. Poderia ter calculado reações possíveis, mas só na hora eu soube. E sabendo a verdade decidi, eu também, falar a verdade.

Nada implodiu dentro de mim, minha respiração seguiu o mesmo ritmo de sempre, nenhum impulso venceu a muralha de aparências atrás da qual eu escondo o que sinto. Nenhum rompante, nenhuma explosão. Então era aquela a verdade, a que eu já sabia que seria. O balde de água fria nas fantasias que as verdades costumam ser.

***

Tendo a pensar no tempo como um aliado, mas isso não muda a velocidade com que ele passa. A enxurrada de tudo o que acontece em 24 horas, a cada dia, todos os dias.

Ocupações, protestos, famílias desabrigadas pelas enchentes, um assalto a cada esquina, a brutalidade da polícia, mortes, uma nova denúncia de corrupção, os novos astronautas da NASA, performances de *drag queens*, pessoas promovidas, pessoas desempregadas, os efeitos da crise, o aumento dos preços, mais um avanço da tecnologia, a neurociência comprovando que não acreditamos em fatos, acreditamos no que queremos acreditar.

Enquanto tudo acontece, acreditamos levar nossas vidas quando na verdade é o tempo que as leva. E cada segundo de silêncio é um palmo a mais na distância que nos separa. Em silêncio, sei o que sinto e no que acredito. Mas o silêncio que embasa e fortalece minhas certezas é o mesmo que me impede de verbalizá-las para qualquer um que não seja eu.

Não é o que você fala, mas como você fala. Mais ainda: se chega a falar de fato.

***

Meu telefone tocou de madrugada com um pedido de ajuda. Acordei achando que era o despertador. Demorei a entender que era uma ligação e a conseguir juntar as letras que se formavam na tela, a luz branca agredindo meus olhos recém acordados. Ouvi a voz que saía com dificuldade. Mais pausas do que palavras. Me vesti e fui. Meu rosto e os cabelos ainda com marcas do travesseiro. O que mais eu poderia fazer?

— Não vou dizer nada, porque não tem nada que eu possa dizer nesse momento, mas tô aqui. Vou estar sempre. Conta comigo.

Eu estava lá. E estaria sempre.

***

Sabia que teria de esperar porque tinha saído antes do trabalho. Olhei mais uma vez para o copo e a cadeira. Vazios e ausências, como o silêncio, também falam. Paguei a cerveja e pedi ao garçom que não disse nada que entregasse um bilhete.

— Claro, moça, pode deixar. Tem certeza que não vai esperar?

— Certeza eu não tenho, mas vou arriscar.

***

Muitas coisas acontecem porque queremos que aconteçam, porque fazemos acontecer, porque decidimos que é hora de acontecer. Muitas outras fogem ao nosso controle: acontecem porque aconteceriam de qualquer forma, porque não cabe a nós querer ou não. Outras simplesmente não acontecem. Essa história é sobre uma delas.

Olhe para os lados

É tão fácil amar. E nós amamos, num estalar de dedos, mesmo cientes de que o fim da história será o mesmo fim de todas as histórias.

***

Ainda está escuro na rua quando levanto. Faz frio e nuvens cinzas arroxeadas encobrem o céu. O silêncio das primeiras horas da manhã envolve meu corpo e minha mente, por inteiro. Deixo que ele me abrace enquanto escrevo. De todas as janelas de tempo possíveis no intervalo de um dia, essa talvez seja a minha. A cidade ainda dorme e meus pensamentos correm livres, como se a simples presença de pessoas acordadas no entorno os inibisse de alguma forma. Começa a chover. No prédio ao lado, uma janela está acesa, e é possível ouvir alguém tomando banho. Enquanto o café esquenta no fogão, deixo o frio e o vazio atuarem sobre mim. Mesmo que ainda assim eu não saia do lugar: eu preciso disso.

***

— Minha irmã tá saindo pra Porto Alegre agora e eu ia adorar pegar uma carona com ela – as palavras surgem na minha tela.

— Mas assim, tá tudo fora do lugar aqui, eu acabei de chegar. Só tem um colchão e cadeiras de praia.

— Pra mim não é problema, só se for pra ti.

— Não, pra mim também não é. É só que, sei lá, é meio estranho – eu disse, não querendo dizer que na verdade tinha receio de receber um estranho em casa.

— Tu que sabe. Eu só preciso que tu diga que sim pra pegar minhas coisas e ir com ela.

Era o primeiro sábado de março, e eu tinha acabado de chegar no que futuramente acabaria chamando de casa: um apartamento térreo de dois quartos no Bom Fim. Eu, que desde a tenra infância sonhava com uma sacada, me apaixonei por um térreo. O quarto àquela altura resumia-se ao colchão de ar, à televisão de 14 polegadas instalada sobre o banquinho de plástico e à mala com minhas roupas no outro canto. Na sala, quatro cadeiras de praia tentavam fazer as vezes de poltronas, e na cozinha a geladeira providencialmente vendida pela antiga moradora – a Marieta que sou até hoje na conta de luz.

Havíamos nos conhecido no máximo duas semanas antes. Um amigo em comum uma vez disse: "Acho que vocês iam se dar bem, quer que eu te apresente?". Não, claro que não, eu mal sei lidar com pessoas que conheço. E nos conhecemos mesmo assim. Destino? Na primeira vez, conversamos virtualmente uma noite inteira, quase 14 horas ininterruptas. Vi o sol nascendo na praia porque parecia uma boa ideia e passei o resto do dia pensando nele – uma pessoa ainda sem rosto por quem eu já estava apaixonada.

E naquela hora, quando ele quis me encontrar no apartamento para o qual eu havia acabado de me mudar, eu tive medo. Talvez de alguma forma eu já soubesse, mesmo sem saber. Pode ser que tenha sido mesmo um instinto – algo em mim que soube de tudo naquele exato instante e tentou avisar, "vai dar merda". Mas tudo o que eu disse foi "tá bom, vem".

***

Além do medo de colocar dentro de casa uma pessoa que nunca tinha visto, eu temia que acabássemos em uma sequência de conversas de elevador e silêncios desconfortáveis. No fim, ambos os receios se provaram infundados, e o momento em que nos beijamos pela primeira vez foi um dos mais doces da minha visita a esse mundo.

Subimos ao terraço do prédio com nossas taças de um champanhe que sobrara das comemorações do início do ano. O céu estava estrelado, e a cidade que víamos dali era vibrante, envolta em uma atmosfera de felicidade possível apenas nas noites de verão. Ele era agitado – falava rápido, fazia movimentos rápidos –, mas em uma agitação agradável de se presenciar, porque aparecia nos momentos felizes, e eu sentia vontade de acompanhá-lo.

Quando soltamos as taças na mureta, e ele colocou uma mão na minha cintura e a outra no meu rosto e enfim nossos lábios se tocaram, foi como a consumação de algo destinado a acontecer desde que respiramos pela primeira vez. Eu senti a vida fazer sentido, e não queria que aquela certeza acabasse jamais.

***

Passamos o domingo juntos, e na segunda-feira, quando eu deveria aparecer para o primeiro dia na faculdade, a chuva que ganhara a cidade durante a madrugada e a ideia de passar mais tempo com ele somaram-se para me fazer desistir. Era a primeira semana, nada de importante aconteceria naquele dia. Foi também a primeira escolha. Mais tarde eu saberia, aquela decisão daria o tom de todos os meses que seguiriam. Era para ser o começo da minha vida, e eu adiei a minha participação.

Os dias com ele eram dias impossíveis e tinham gosto de aventura. Pouco do que fazíamos juntos fazia parte da minha vida antes – cozinhar de madrugada, ir até a lancheria da avenida em frente tarde da noite, sair na companhia de outros casais, comer panquecas em um restaurante que homenageava os Beatles para comemorar o fato de estarmos juntos, ir até o aeroporto apenas para ver os aviões pousando e decolando. Do mesmo jeito que, ao caminhar à noite, imaginava a vida por trás das janelas acesas, pensava nas pessoas dentro das aeronaves – aonde estariam indo, de onde vinham, quantas vidas paralelas nunca se encontram.

***

— Faz o que tu faria se estivesse sozinha.

Ele me disse certa vez. Estávamos na praia, fugindo da vida em um final de semana qualquer. Era outono, e, embora ainda não fizesse frio, o vento que soprava à noite fazia com que andássemos encolhidos. Além de talvez algumas centenas de moradores, não havia mais ninguém lá. Tínhamos todo o espaço para nós. Envoltos por silêncio e vazio de todos os lados, fomos rei e rainha de um mundo só nosso.

Se eu estivesse sozinha, provavelmente não estaria ali. Mas a questão era outra: com ele, eu não tinha medo de mostrar o que eu era – de ser exatamente o que eu era.

***

A felicidade daqueles dois dias não veio sem melancolia, e, quando voltamos à cidade, deixamos uma porta aberta. Por esse espaço, inicialmente apenas uma fresta entre o que havíamos sido até então e o que viríamos a ser a partir dali, a vida começou a passar, e mais rápido do que qualquer um de nós pôde perceber, já era uma porta escancarada, para sempre rompida, impossível de ser fechada novamente. Ele optou pelo caminho mais fácil enquanto eu fiquei parada, tentando unir pedaços de uma história morta para entender como havia terminado.

Dias de ausência e silêncio transformaram-se em semanas que logo se tornaram meses. Embora eu ainda encontrasse o que dizer, não havia mais nada a ser dito.

***

Vivemos uma vida à parte, em um mundo em que poucas pessoas chegaram de fato a entrar. Não que não tenha valido a pena; ainda que o final seja o mesmo, histórias de amor sempre valem a pena.

Como a própria existência. Não fiz tudo o que gostaria de fazer, e talvez seja tarde demais. Na rua, a manhã é sem rosto – continua cedo, muita gente ainda dorme. Não importa se o resto do dia será em vão, porque o que realmente importa acontece aqui, agora. À minha esquerda, em uma caixinha de madeira argentina, permanece uma lembrança não descartada:

— Olhe para os lados.

Ausências

Eu sempre chego antes e já estava no terceiro copo quando ele me cumprimentou e puxou a cadeira. Estávamos em junho, mas mesmo assim eu havia pegado uma mesa na área externa.

— Te importa se eu fumar de vez em quando? – pergunto meio sem jeito, porque imaginei que ele não soubesse.

— Não sabia que tu fumava – (o que foi que eu disse?) – Mas não, claro que não. Não me incomoda.

Ele sentou e fez sinal para o garçom, apontando para o meu copo.

***

Olhei no espelho e mais uma vez para o relógio. Faltavam dez minutos para o horário que marcamos, e eu levaria pelo menos meia hora para chegar, indo a pé. Deveria ser o suficiente, pensei enquanto apagava a luz e girava a chave na porta. Na rua, os postes acesos lembravam a quem ainda não houvesse percebido que já era noite. Poucos meses para frente ou para trás ainda seria possível ver o sol, mas era junho e era noite.

Reconheço alguns dos garçons no bar. Eu já não sabia dizer quando havia estado ali pela última vez. Talvez três anos, talvez quatro. Peço uma cerveja. Os três homens na mesa do outro lado, na faixa dos cinquenta anos, olham para mim. Acendo um cigarro e pego meu celular na bolsa. O importante é que o desconforto não seja aparente. Mesmo que eu tivesse vindo até aqui para beber sozinha – eles não têm nada com isso.

Fazia tempo que não nos falávamos. Principalmente, fazia tempo que não nos falávamos a sós – se é que alguma vez já o havíamos feito. Trabalhamos juntos por dois anos, e durante esse período frequentamos a vida um do outro. Trocamos figurinhas sobre livros e entrevistas. Saímos para beber algumas vezes. Escrevemos uns contos que alguém quis premiar. Mas esse tempo já havia passado há muito, e desde então era difícil dizer. Éramos amigos?

Olho para o relógio mais uma vez. Por que infernos eu invariavelmente acabo na mesma situação? Sozinha, esperando pelos outros.

***

— Tu tá aqui há muito tempo já? Desculpa se eu demorei – diz enquanto se ajeita na cadeira de plástico, tirando o celular do bolso de trás para colocá-lo em cima da mesa.

— Não, cheguei faz pouco – eu largo meu copo. – Que bom te ver, fazia tempo, né? Como é a vida no sudeste?

— Não muito diferente. Melhor, porque tem mais opções de tudo. É mais fácil se distrair e fazer coisas diferentes, ir pra lugares diferentes. Porque né, eles existem. Não é que nem aqui, que tudo se esgota rápido. Mas a essência é a mesma, sabe? A gente leva as coisas junto, não tem como.

— Imagino. Mas eu ainda tenho essa ideia. De que se eu sair daqui as coisas vão ser diferentes. Quero dizer, elas *têm* que ser. Sabe? É inaceitável que não sejam.

O tempo todo com ele eu tenho certeza de que me acha inocente, como se eu não soubesse o suficiente. Como se não tivesse vivido o suficiente para saber. Não por uma questão de idade, porque nascemos no mesmo ano, com poucos meses entre um parto e outro. Mas ele era uma dessas pessoas – que faziam com que eu me sentisse *validada* ao concordar com qualquer coisa que eu dissesse.

Ele pergunta sobre o meu trabalho e eu não sei bem o que responder. Suspiro. Olho pra ele em silêncio, meio sorrindo, com uma expressão de qualquer coisa. Meu trabalho bate com o que eu me formei para fazer, nem menos nem mais.

— Não é isso que me incomoda. Nem o que eu faço nem o que eu ganho pra fazer o que eu faço – paro por um instante, tomo um gole da cerveja. – Falta tesão, só isso.

Ele ri. E porque ria pouco, era uma risada gostosa de ouvir. Eu nunca sabia ao certo se havia algo errado ou se era só a seriedade de costume. Porque ele não costumava se deixar abalar pelas coisas – salvo mudanças sutis, a expressão mantinha-se a mesma. Por isso, quando ele ria, eu não conseguia evitar e sorrir de volta.

— Acho que tu tá procurando tesão no lugar errado, hein.

— Vou fazer o quê, se as outras fontes são ainda mais escassas.

Resolvemos pedir comida – quibes – e mais cerveja.

— Relaxa, cara. O problema não é teu trabalho. O problema é o que tu faz – ou não faz – quando não tá trabalhando. É o que eu acho, pelo menos. Se tu deixa isso te consumir a ponto de viver pra isso ou se tu termina o expediente e vai viver a tua vida e fazer as tuas coisas. Não é?

— É, eu sei.

***

— Vou chamar esse aqui – minha editora anunciou e passou um currículo por cima da divisória da nossa ilha.

Li o nome no início da página. Eu já sabia quem ele era, embora nunca tivesse conhecido pessoalmente. Naquela época, ele voltava de uma temporada trabalhando em um jornal de Buenos Aires, e uma festa de boas-vindas estava marcada para a sexta daquela semana.

Procurei algumas das matérias assinadas por ele no site do jornal. Ele escrevia com convicção, pontuando o texto com referências literárias, usando uma linguagem ao mesmo tempo direta e envolvente. A habilidade com as palavras, eu saberia – ou talvez já soubesse –, era a mesma com as pessoas. Na tarde de sexta-feira, saí com minha colega da redação e fomos direto ao bar.

— Vamos chegar antes de todo mundo, mas podemos comer enquanto esperamos. Né? – Ela olhou pra mim e sorriu. – Melhor que beber de estômago vazio.

Poucas horas depois, umas trinta pessoas já ocupavam o lugar – sentadas conversando, na rua fumando, andando de um lado para o outro com copos de cerveja nas mãos –, e a dupla de mesas que escolhemos quando chegamos já havia se transformado em um U que ocupava metade do bar. De repente, gritos acalorados vindos da rua indicaram que ele havia chegado. Eu ainda estava preocupada por estar em uma festa de boas vindas de alguém que eu não conhecia. Embora quase todas as pessoas ali fossem amigos em comum, não era o tipo de situação em que eu me sentia confortável.

— Prazer – disse quando uma amiga nos apresentou –, e desculpa invadir tua festa.

— Imagina! – Ele me cumprimentou com beijos, direita e depois esquerda, e um rápido abraço. – Prazer te conhecer também, já fiquei sabendo que vamos trabalhar juntos.

***

Conversamos pouco aquela noite – o suficiente para perceber o que tínhamos em comum. Cinco anos depois, muito havia mudado. Os empregos que nos pagavam, as cidades onde morávamos, o tipo de vida que cada um levava. Mais velhos, mais sérios, unidos por um laço que agora residia e resistia no passado.

— Cara, eu sinto saudade daqui. É o melhor lugar pra beber nessa cidade – ele disse.

— Bah, eu também. Mas nunca mais voltei, até hoje, praticamente só vinha aqui com vocês.

— Mas o pessoal ainda vem, não? Marcam uns aniversários aqui.

— É, mas não eu.

Eu falei e me arrependi na mesma hora. Não que ele não soubesse, mas em voz alta aquilo se tornava palpável. Permanecemos um tempo em silêncio, bebericando nossas cervejas.

— Mas tu acha que é a mesma coisa? – pergunto. – Quero dizer, naquele tempo era diferente. Tava todo mundo aqui ainda, era outra vibe.

— Sim. – Ele pausa. – Mas a gente tá aqui, não?

Sorrimos. Brindamos. Ele tinha um sorriso apaixonante. E ao olhar para ele naquele momento me perguntei como era possível que eu nunca houvesse me apaixonado. Não seria difícil – ao contrário, seria muito fácil. Nós gostávamos da companhia um do outro, a conversa corria naturalmente, era confortável estar na presença dele. Do que mais precisaríamos? Sim, seria muito fácil. Mas as coisas acontecem ou não acontecem, simplesmente.

Passava das duas horas quando o garçom anunciou que iriam fechar o bar e perguntou se queríamos uma última cerveja. Nós queríamos.

— É bom demais estar aqui contigo. A gente precisa se ver mais, cara.

Por algum motivo, eu sabia que ele estava sendo sincero. Não era o tipo de coisa que ele diria por educação, "sim, temos que combinar alguma coisa, me liga", "claro, vamos nos ver, sim". Nenhum de nós fazia esse tipo. Terminamos a última cerveja e estávamos alegres e um tanto cambaleantes quando chegamos à calçada. Caminhamos até a minha casa. Nenhum carro passou por nós e não vimos ninguém na rua em todo o trajeto. A cidade estava vazia.

— Essa cidade é um cenário – eu digo.

Ele olha pra mim, coloca o braço sobre meus ombros, aproximando nossos corpos. Andávamos em uma estranha sincronia de passos tortos.

— E nós somos personagens.

***

Depois que ele pega o táxi, acendo um cigarro e sento na sacada. Com os pés apoiados na mureta, olho para um céu sem estrelas. Eu ainda tinha meio ano pela frente, antes de outro e, depois dele, o próximo, em uma sucessão finita cujo fim eu desconhecia. Há pessoas que entram nas nossas vidas para marcá-las profundamente, e eu sentiria falta dele. A luz do poste se esconde em meio aos galhos de uma árvore. O tom negro do céu, que parecia engolir a cidade inteira, logo se descortinaria em um novo dia. O frio e o escuro são apenas ausências.

Como os pedaços de carne malpassada

Ela tinha vários hábitos que me incomodavam.

Toda vez que usava a pia, fosse para lavar as mãos ou escovar os dentes, espalhava água por toda a extensão da bancada, muitas vezes até no espelho. Como é possível? Eu me perguntava sempre que encontrava o banheiro daquele jeito e pegava a toalha para secar. O que ela faz quando abre a torneira para conseguir respingar água tão longe e em tanta quantidade?

Tinha as roupas também. Ela deixava as roupas no banheiro. Roupas sujas no chão atrás da porta, o pijama ou o que fosse pendurado no aparador das toalhas, a calcinha que lavara durante o banho na porta do box. Porra. No começo eu só avisava, como se acreditasse que ela houvesse esquecido, "tu esqueceu tua calcinha no banheiro". Depois comecei a largar tudo em cima da cama dela mesmo.

— Pras calcinhas molhadas tem um varal, pra roupa suja tem um cesto e pras outras roupas tu tem um armário. É tão difícil? Com cinco anos eu já sabia disso – disse quando não deu mais pra segurar.

— Tu tem que entender que nem todo mundo é organizado que nem tu – ela respondeu em tom de desdém.

— Não é questão de organização, é educação. Esse banheiro não é só teu. Quando tiver um apartamento e morar sozinha nele, tu faz o que quiser com as tuas roupas.

Aí ela soltou um "ah, vai se foder" e bateu a porta do quarto.

***

À noite, quando saio do trabalho e trinta minutos depois chego em casa, encontro o silêncio e um apartamento vazio à minha espera. Eu largo as chaves no aparador ao lado da porta, acendo as luzes da cozinha e da sala, escolho um disco, sento para fumar um cigarro. Em seguida troco de roupa, preparo uma janta qualquer e, finalmente, me estendo no sofá para ler. Essas horas de introspecção, em um espaço ocupado apenas por mim, são o que me mantém minimamente funcional para o dia seguinte. Toda a engrenagem do que sou depende disso. E nas noites que esses momentos me escapam, por um motivo ou por outro, a sensação, ao chegar de volta ao escritório na manhã seguinte, é quase a de que nem cheguei a sair.

Em suma, eu não era o tipo de pessoa que dividia apartamento para dividir as contas. Embora fossem altas – e dividi-las estivesse me ajudando a guardar uma parcela significativa do meu salário –, não era isso o que me levaria a abrir as portas de casa para alguém. Era preciso muito mais, porque aquilo de que eu abriria mão não se calculava em dinheiro.

***

Passei no supermercado para comprar algumas cervejas e fui a primeira a chegar. Ele estava esperando na porta com um sorriso faceiro.

— Bem-vinda! – disse quando eu me aproximei, e trocamos beijos no rosto.

Eu já havia estado ali muitas vezes e me senti à vontade para ir até a cozinha, abrir a geladeira e guardar as cervejas.

— Deixa eu te dar um abraço decente agora. Feliz aniversário!

Entreguei o presente e o cartão. Nesse momento, a porta do banheiro se abriu e a esposa dele apareceu com a chapinha na mão. Ainda estava de pés descalços e veio até a sala me cumprimentar – "pra variar estou atrasada, mas fica à vontade, a casa é tua". Quando acabou de ler o cartão, ele me abraçou mais uma vez.

— Querida. Muito obrigado – disse com um novo beijo na minha bochecha.

Ele era uma dessas amizades improváveis que sobrevivem ao fim da faculdade. Nossas fotos de formatura e da festa que dividimos com outros colegas revelam rostos jovens, com os mesmos traços, mas em muito diferentes dos que agora se encaravam, em um olhar maduro e cheio de ternura. Quando ele começou a namorar a hoje esposa, eu chegava ao final de um relacionamento. A diferença entre o começo e o fim foi pequena – tivéssemos começado e terminado um pouco antes ou um pouco depois, poderíamos ter acabado juntos. Mas uma das qualidades da vida é a de se resolver a si mesma, de decidir por nós quando não somos capazes de fazê-lo, e foi o que aconteceu.

Eu estava sentada no chão da sala, com uma garrafa de cerveja ao lado, puxando um a um os discos da estante à minha frente para escolher o que ouviríamos em sequência, quando soou o interfone.

— Quer que eu atenda? – gritei.

— Não, pode deixar – ele emergiu da cozinha – deve ser minha irmã.

— Ué, ela tá aqui?

A verdade é que, salvo por fotos que ele às vezes mostrava, eu nunca a tinha visto. Desde que ficamos amigos, ela vivia fora – primeiro em São Paulo, onde fez faculdade, e depois fora do país, na Espanha, para mestrado e doutorado. A "minha irmã" do meu melhor amigo, que eu tentava associar ao rosto não familiar daquelas fotos sempre que ouvia uma história, mas que para mim não passava de uma existência abstrata, totalmente distante da nossa. Foi estranho de repente estar no mesmo ambiente que ela, agora uma presença física.

— Não, não precisa levantar. – Ela disse ao perceber o esforço que eu fiz para sair do chão.

— Imagina – disse – o Emílio me deixa aqui brincando pra ficar entretida e não atrapalhar, mas eu ainda sou educada.

***

Eu não conhecia praticamente nenhuma daquelas pessoas. Eram todos amigos recentes, do trabalho, ou de outros círculos da vida dele que nunca se cruzaram com o nosso. Nenhum outro ex-colega além de mim. E mesmo que houvesse – eu já não falava com mais ninguém. Se por um lado me sentia íntima e próxima por ser a amiga de mais tempo, por outro era como o primeiro intervalo em uma escola nova.

Uma hora ele aparece e acena com a cabeça. A música está alta, vozes animadas ao meu redor, mas consigo distinguir o movimento dos lábios dele: vem comigo! Vou atrás dele até a cozinha, onde os primeiros pedaços de picanha malpassada estão à minha espera na forma.

— Especialmente pra ti! – Ele diz. – Senão eu sei que não dura.

Aproveito para pegar mais uma cerveja antes de voltar à sala. Por algum tempo tudo corre bem. As conversas fluem naturalmente, e eu encontro o que dizer independente do assunto. Mesmo que sejam comentários banais, quase superficiais, tudo bem, eu estou interagindo e vendo até onde posso ir com essas pessoas. Funciona por um tempo, mas, como os pedaços de carne malpassada, não costuma durar. Duas horas, quem sabe. Então alguma coisa muda e o fluxo que até então corria tranquilo de repente se agita e inverte o sentido abruptamente. Percorro a sala com os olhos e vejo as conversas paralelas em diferentes grupinhos que já não se mesclam. Eu não faço parte de nenhum deles. Jogo o corpo para trás na cadeira e fico bebendo em silêncio, resignada. Tento não fazer muitos movimentos para que ninguém perceba – meu desconforto, o mal-estar que se estendeu por toda a superfície da minha pele, a vontade de ir embora e estar sozinha de novo.

É o inferno, mas então uma luz acende à minha direita, para logo em seguida se apagar, acompanhando o movimento da porta do quarto de hóspedes que abriu e fechou. Eu nem havia reparado que as duas não estavam na sala. E a Antônia, irmã dele, senta na cadeira vaga ao meu lado.

— Tu trabalha com o Emílio também?

— Não. Bem que gostaria – bebo um gole da minha cerveja. – Fomos colegas na faculdade.

— Nossa, que legal! – Ela sorri. – Pensei que ele nem tivesse mais amigos desse tempo.

— Pois é, pra mim ele foi o único que ficou também.

O sotaque dela, originalmente gaúcho, era cheio de sonoridades do espanhol e, aqui e ali, de ritmos paulistanos. Mesmo que não contasse sua história, quando falava entregava um vislumbre de passado e possibilidades – apenas o necessário para imaginar. Os lugares por onde havia passado, as amizades e histórias que vivera, quantos caminhos diferentes não haviam se cruzado com o dela.

Mais algumas cervejas e nossa conversa era alegre, desregrada, e conforme a música dançávamos em nossas cadeiras. Ao nosso redor, as diferentes rodinhas seguiam formadas – éramos as únicas "estranhas". E ela havia voltado para o Brasil para ficar, então? Parece que sim, mas infelizmente não em São Paulo, por enquanto seria por aqui mesmo. E onde estava morando? Não tinha encontrado apartamento ainda, estava na casa dos pais, botando a vida em ordem primeiro.

Pode ter sido efeito da cerveja, da cumplicidade momentânea que se criou entre nós, um impulso de tentar algo diferente – sem pensar, disse que tinha um quarto vago no meu.

***

Ela chegou com as malas uma semana depois. De repente, a solidão absoluta do apartamento, que eu prezava e à qual me entregava com facilidade, cedeu espaço a uma companhia quase constante. Adentramos as duas um novo dia a dia de erros e acertos, de pessoas desconhecidas que passam a viver juntas, acostumando-se uma à outra. Não é fácil dosar a presença de outra pessoa. De horários, idas ao supermercado, tarefas domésticas, o espaço e a privacidade de cada uma – o equilíbrio se estabelece com a vida em movimento, nunca livre de atritos e desencontros.

Não foi diferente conosco. Mas, uma vez ritmadas em nossa dança diária, passamos a dividir mais do que as contas. De um impulso, construímos nossa amizade. E um mundo novo se abriu diante de mim com a presença dela. Não porque fosse diferente: éramos, na verdade, muito parecidas, e naquele momento a semelhança ganhou um novo significado.

Com o tempo, passou a parecer bastante óbvio que nos tornássemos amigas, afinal. Como eu, ela não encontrava eco para os próprios anseios em uma cidade tão vazia de espírito; como ela, eu precisava de alguém com quem dividir cervejas ao final do expediente. Unimos livros e discos, descobrimos nossas histórias.

***

— Um brinde ao 503!

Ela levantou o copo à frente do rosto, puxando o brinde. Estávamos todos na sala – nós duas, meus amigos, os amigos dela. Se morávamos juntas, era bom que um círculo se acostumasse ao outro. Servimos sanduichinhos e mini pizzas e pedimos que as pessoas colaborassem levando bebidas.

Deixamos a sala à meia luz, e a música e o álcool que tomava conta dos corpos se encarregaram do resto. Pessoas dançaram, pessoas comeram e deixaram comida cair, pessoas derramaram bebidas, subiram no sofá e na mesa de centro, vomitaram no banheiro, quebraram garrafas. Pessoas dormiram escoradas na parede, sentadas ou onde tivesse parecido uma boa ideia se encostar.

No dia seguinte, saí da cama para me jogar no sofá. Olhava ao redor quando a porta do outro quarto abriu e ela apareceu na sala. A cara amassada pelo travesseiro e manchada de rímel.

— Bom dia! – disse olhando para mim e para a sala ao mesmo tempo, como se estivesse interagindo com as duas, com um sorriso sonolento nos lábios.

Não consegui não achar ela fofa naquela manhã, e em algum lugar tenho certeza de que a sala também respondeu aquele bom dia – “bom dia pra quem? Olha o meu estado”.

Ela sentou ao meu lado, igualmente cansada demais para qualquer outro movimento, e rimos juntas rememorando os acontecimentos da noite anterior. Uma inauguração e tanto, para o apartamento e para o que seria nossa vida juntas, enquanto durasse.

***

A intenção era que ela ficasse até encontrar um lugar de que gostasse e pudesse pagar. Dois anos já haviam passado, e me entristecia que a atmosfera leve e alegre daquela noite estivesse tão distante. Mais uma vez, não durou.

Pouco tempo depois de bater a porta do quarto, ela ressurgiu na sala com uma mochila nas costas.

— Tô indo. Volto pra pegar o resto quando der.

Revirei os olhos e suspirei. Tentei explicar que não estava mandando ela embora nem queria que saísse sem ter para onde ir – tudo o que eu queria era que ele se mexesse para que esse lugar passasse a existir. Era essa a ideia desde o começo, afinal. Não adiantou. Ela voltou ao apartamento ainda algumas vezes para buscar coisas que ficavam para trás e, na última delas, deixou a chave em cima da mesa. Nenhum bilhete, nenhuma mensagem no whatsapp.

Com o tempo, retomei e me reacostumei ao ritmo da vida sozinha. Sem divisão de contas ou tarefas, tudo depende de mim mais uma vez. Não que seja ruim – nunca foi – mas há momentos. Aqueles momentos em que a ausência de roupas largadas no banheiro ou de respingos na pia se transforma nos traços de uma presença que bem ou mal me confortava. Nessas horas, sou fatalista: há aqueles de nós fadados a estar sozinhos.

Estou sentada, folheando sem vontade as páginas de um livro qualquer que não me ganhou.

— Filha da puta, eu sinto saudades – mando no whatsapp.

— Eu também. – É a resposta. – Bora tomar uma amanhã?

Eu quero que ela morra

Eu quero que ela morra. Não é um impulso homicida, mas uma vontade muitas vezes genuína. Isso mesmo, senhor, nenhum remorso acompanha. Que ligação tenho com ela para me impedir de querer que aconteça? Então é isso mesmo o que eu quero: que ela morra.

***

Às vezes os dias são de um calor opressor, que escorre pelas paredes e ocupa todo o ar. Existir, nesses dias, é um desafio. Me arrastei até o trabalho procurando a sombra das árvores que não passavam de um consolo vão, e quando o vento soprava e as rajadas de ar quente atingiam meu rosto eu podia ter certeza de que o inferno era real e eu caminhava por ele. Era um desses dias, e gotas de suor escorriam pelas laterais do meu rosto quando finalmente ocupei minha cadeira.

Naquela época, eu tinha ainda menos certeza. O que eu estava fazendo e por que estava fazendo eram questões obscuras cujas respostas eu evitava. Em vez disso, empurrava meus dias, um a um, na expectativa de apenas sobreviver – ao trabalho, a mais um ano, a uma cidade estanque.

Ao final da tarde, não era mais ameno do que ao meio-dia. Os termômetros digitais marcavam 47°C poucos minutos antes das sete horas. Os ônibus passavam lotados, com rostos e corpos suados que se espremiam uns contra os outros. O semblante daquelas pessoas era vazio de expressão; toda a humanidade que pudesse haver por trás dos olhos encontrava-se resumida ao cansaço e ao calor.

Poderia ser um sofá ou uma geladeira. A caixa ocupava quase toda a extensão do corredor em frente à porta do meu apartamento. Quando comecei a tentar movê-la, a porta do elevador se abriu. Ela devia ter mais ou menos a minha idade e saiu seguida por dois homens empurrando um suporte com mais duas caixas.

— Meu Deus, desculpa ter bloqueado tua entrada. – Ela disse. – A gente vai pôr a caixa pra dentro agora.

Fiquei olhando enquanto ela abria a porta para os dois homens, que entraram e em seguida retornaram com as mãos livres. Saí do caminho para que pudessem mover a caixa, e mais uma vez o elevador se abriu. Eu havia parado em frente à porta e não consegui me afastar o suficiente para evitar a colisão.

— Opa, desculpa. – Eu disse, ao mesmo tempo liberando a passagem e virando para ver em quem havia esbarrado.

— Não, tudo bem. – Ele passou com duas malas e parou no corredor ao meu lado. – Tu mora aqui? A gente tá mudando agora, eu que peço desculpa pela confusão aí.

— Amor, trouxe as malas? – Ela surgiu na porta e veio ao encontro dele enquanto os dois homens empurravam a caixa da geladeira para dentro.

Estavam casados há cinco anos. Moravam em um apartamento no centro, mas queriam um bairro mais seguro e tranquilo, além de estar mais perto do trabalho dela. Ele era *web designer*, ela arquiteta. Perguntaram sobre a rotina do prédio, tinham se apaixonado pelo apartamento quando visitaram uns meses antes. Pintaram duas paredes e trocaram a pia da cozinha antes da mudança. Estavam muito felizes de finalmente se instalar. Eu só queria entrar em casa.

— Bem-vindos. – Eu disse, enfim. – Se precisarem de alguma coisa, por favor, fiquem à vontade, é só bater.

***

Eu não costumava interagir muito com as pessoas naquele prédio. Por mais simpatia e amabilidade que eu julgasse despender toda vez que cruzava com alguém nas escadas, no elevador ou no hall, meus vizinhos simplesmente pareciam ser esse tipo de gente – pessoas cinzas, ranzinzas, que não gostam de outras pessoas e para quem coletividade é apenas uma palavra.

Um dos moradores, a quem a aposentadoria havia dado tempo para encontrar problemas, costumava brigar com a síndica toda vez que se encontravam. Os dois discutiam, ela ignorava as reclamações e, como forma de punição, ele cortava a luz – ora do apartamento dela, ora dos ambientes comuns, quando não dos dois. Em uma das tentativas mais ousadas de atingi-la, o mesmo morador ergueu um pequeno monte de terra na entrada do prédio, fincou sobre ele dois pedaços de madeira, rusticamente pregados em formato de cruz, e, apoiado no chão em frente à escultura, um pedaço de papelão exibia os dizeres "aqui jaz um prédio".

Depois de alguns anos presenciando situações dessa natureza, pouca coisa me surpreendia, mas, aos olhos de quem talvez não estivesse acostumado, tudo aquilo seria estranho. Por isso, tive um pouco pena do casal de desavisados, tão feliz com a mudança. Vocês não sabem onde vieram parar, senti vontade de dizer. Eu não esperava que pessoas *normais*, gente como eu, com quem eu poderia de fato dialogar, morassem naquele lugar.

***

Eu não esperava, acima de tudo, que não só dialogaria com essas pessoas como elas se tornariam minhas amigas. No início, eram encontros casuais quando estávamos chegando ou saindo. Falávamos de amenidades – lugares para conhecer no bairro, o que valia a pena comprar no mercadinho ao lado e o que era melhor deixar para o supermercado, os hábitos peculiares de alguns vizinhos. Aos poucos, essas conversas começaram a se estender, e nos víamos parados no corredor, entre as duas portas, terminando assuntos antes de entrar em casa. Foi questão de tempo até o primeiro "não quer entrar? A gente pode tomar uma cerveja e continuar conversando lá dentro". Eu comecei a frequentar o apartamento deles e eles o meu.

Ela trabalhava em um escritório de arquitetura que prestava consultoria em construções sustentáveis, viajava bastante a trabalho. Ele, no momento, não tinha emprego fixo; trabalhava de casa com diferentes clientes. Dava pra viver. Por enquanto isso bastava e não queria voltar para a rotina de um escritório. Com ela eu tinha em comum o feminismo. Discutíamos sobre o que líamos a respeito, o machismo dos colegas homens com quem trabalhávamos, diferentes situações por que já havíamos passado e o que fazer diante delas. Com ele, eram os vinis. Vinicius, Elis, Chico, Noel, Cartola. Ele me emprestou alguns dos discos dele, eu emprestei alguns dos meus para ele. A vida inteira eu quis ter vizinhos assim e agora eu tinha.

***

Foi ao som de Cartola – ainda é cedo amor – que um dia dividimos uma garrafa de vinho.

Era ele quem costumava fazer as compras, e por três vezes nos encontramos em frente ao elevador, carregados de sacolas na volta do supermercado. "A gente pode combinar de ir juntos na próxima", ele disse. E assim fizemos. Passamos a dividir o peso das sacolas e a comprar em conjunto produtos que valia a pena adquirir em quantidade para aproveitar promoções.

Em um fim de tarde de junho fomos mais uma vez juntos ao supermercado. A chuva cobriu a cidade enquanto percorríamos os corredores em busca de pão, carne, papel higiênico, arroz, produtos de limpeza. Quando a porta automática se abriu à nossa frente, a água que jorrava do céu, embora sem força, não dava sinais de que ofereceria uma trégua. Corremos, mas as poucas quadras que separavam o supermercado do prédio foram suficientes para que chegássemos encharcados, a água escorrendo de nossos cabelos. Essa noite pede um vinho, ele disse. Se ele quisesse, eu tinha um. Era só guardar as compras, trocar a roupa molhada e a gente poderia comer qualquer coisa enquanto bebia. Ele queria? Claro, por que não.

***

Se fosse possível explicar tudo o que acontece, nossa perspectiva e entendimento do mundo seriam outros. É como imaginar como seria a vida se os dias tivessem mais ou menos horas, se pudéssemos nos deslocar no tempo da mesma forma como nos deslocamos no espaço, se fôssemos capazes de recordar todas as memórias de uma existência – o mundo, da forma como o concebemos, não existiria.

Os meses que se seguiram àquela noite foram obscuros. Dias que vieram, um a um, que fizeram mudar a estação e a cara dos dias do lado de fora, mas também o que pairava do lado de dentro, entre duas portas do terceiro andar. Não há como dizer que algo aconteceu, tampouco que não. Nunca tive coragem de dizer em voz alta; se mentalizar palavras bastasse para que viessem ao mundo e nele se concretizassem, ela estaria morta. Contam as lendas que, uma vez proferidas, as palavras são imbuídas de um poder que antes não possuíam. Não ditas, planam no reino das coisas imaginadas, impossibilitadas de agir no mundo; enunciadas, ganham vida e podem enfim tocar a realidade.

Estou sentada em meu sofá, segurando uma taça de vinho e conversando com o silêncio que envolve a sala. Do outro lado do corredor, eles talvez estejam jantando. Uma noite igual a tantas outras do final do inverno, quando na rua o verde retoma seu espaço e o ar aos poucos começa a esquentar, prenunciando a primavera. Uma noite igual a tantas outras, a não ser, talvez, pelas palavras que nela chegaram ao mundo. Basta o impulso – inspirar e deixar que percorram o caminho em direção à vida: eu quero que ela morra.

As testemunhas

A ideia de que as escolhas que fazemos ao longo da vida, das mais simples às mais complexas e significativas, acontecem apenas para nos levar a um ponto – este ponto – a partir do qual tudo muda. Não somos mais os mesmos e jamais voltaremos a ser quem éramos no instante anterior. Um momento exato no tempo que divide a vida em dois. Existe tudo o que nos trouxe até aqui e tudo o que nos tornaremos a seguir.

É preciso tempo para reconhecer essas histórias e, mais ainda, para encontrar o segundo que estabeleceu o antes e o depois. Existem memórias, e eu gostaria de contá-las a mim mesma. Num relato preciso como o dia em que tudo mudou. Essas memórias vêm e vão e, como a própria vida, voltam sempre. São fantasmas que rondam, esperando por um momento – um instante no tempo que muda tudo.

No ir dos anos, que memórias teremos do tempo que hoje já não é uma lembrança completa? E, quando chegarmos lá, o que teremos para contar sobre o percurso? A voz que escuto todas as noites. *A vida até então vivida, sempre de maneira provisória, tornava-se a própria vida.*[2]

***

A paisagem corria pela janela. Os morros contornados pela estrada aqui e ali davam lugar a paradas de ônibus, postes, estradinhas que serpenteavam verde adentro, rumo a vilas cujos nomes eu desconhecia. Do outro lado, ao longe, quando as árvores esparsavam, via-se o reflexo da lua sobre o mar – não fosse por isso, não seria possível distinguir céu e água. Na poltrona ao meu lado, ele dormia, cansado que estava de um voo curto transformado em seis horas de espera no estado vizinho

2 Frase retirada de "Um outo amor – Minha Luta 2", de Karl Ove Knausgård (Companhia das Letras, 2014).

por conta do nevoeiro. Estávamos atrasados. E embora meu corpo pedisse eu não conseguia dormir. Olhava incansável pelas janelas dos dois lados, tentando reconhecer qualquer coisa em meio à noite. Uma semana depois, o mesmo trajeto, percorrido de dia, mostraria a exuberância do que meus olhos sabiam que estava logo ao lado, mas não eram capazes de ver.

Nos separamos logo na chegada. Tracei o caminho da rodoviária ao hotel, peguei minha sacola no bagageiro e fui, me despedindo com um nos vemos amanhã e um beijo na bochecha. Não havia por que continuar com ele, ou estar nos mesmos lugares, quando há tanto tempo percorríamos caminhos diferentes. Ele morava em outra cidade e tinha a própria editora, enquanto eu passara os últimos dois anos mentindo a mim mesma sobre tudo. Mal nos falávamos, àquela altura. A única coisa que nos unia, ao fim e ao cabo, era a vontade de estar ali.

Depois de largar minhas coisas no quarto, lavar o rosto e trocar de roupa, corri para o centro. Fazia mais frio do que eu esperava, mas a temperatura não era algo em que eu prestaria atenção. A vida vibrava em todos os cantos e as pessoas enchiam as ruas. Nos trechos mais apinhados, era difícil avançar, e tanto os corpos quanto as vozes chocavam-se a todo momento. Decidi não acompanhar a sessão daquela noite. Comprei uma cerveja e procurei por um lugar onde pudesse sentar sozinha – não longe demais a ponto de estar isolada, mas o suficiente para que ninguém se sentisse à vontade para dividir o espaço comigo. Quando encontrei um banco vazio, uma quadra depois da praça, tirei o caderno e a caneta da mochila. Eu não queria interagir, apenas assistir.

Na manhã seguinte, enfim, pude ver onde estava. A praia, o rio, os barcos, o cais, os morros, as pedras, a igreja. Mandei uma mensagem – "Nos vemos hoje antes da sessão?" –, guardei o celular e comecei a caminhar. Era só o que eu faria naquela manhã. Caminhar. Sem mapa e sem nenhum destino em mente a não ser qualquer lugar. Eram quase três horas quando comprei um sanduíche e uma coca e sentei pra comer embaixo de uma árvore. Poucos metros à minha frente, a água azul da baía e as praias e morros do outro lado. Depois de comer, olho o celular: nenhuma resposta dele; dezenas de mensagens e notificações me lembrando da vida para a qual eu deveria voltar. Ao mesmo tempo em que pego um livro, ponho o celular de volta na mochila, com vontade de atirá-lo na água. Como se, uma vez livre das notificações, vibrações e luzinhas piscantes, eu pudesse estar livre também de tudo o que representam. Seria difícil voltar dessa vez.

As portas enfim abrem e as pessoas começam a entrar, uma a uma. Não o vi na fila, tampouco lá dentro. Sempre foi assim, sempre haveria de ser. Se perguntassem, eu não saberia dizer ao certo no que consistia nossa amizade. De reconhecimento mútuo e silencioso. De interesses comuns, mas pouco compartilhados. De uma maneira ou de outra, porém, era reconfortante saber que estávamos juntos, mesmo não estando.

O silêncio reina no momento em que o mestre de cerimônia aparece para anunciá-lo. Abro o caderno pra fazer anotações enquanto ele fala, mas escrevo pouco – um lugar fora de tudo, onde você é só você, você deve se sentir livre para dizer coisas estúpidas, há coisas não ditas, e quando você diz se torna real. Durante quase todo o tempo, apenas ouço e observo os trejeitos. O modo como ele fala e a linguagem corporal. Estamos perto demais. Não escrevo nenhuma pergunta, pois quero fazer a minha pessoalmente.

O mundo para nos segundos que ele permanece olhando para mim. Sem dúvida o olhar mais forte a encontrar o meu, de um azul penetrante que pareceu adentrar minha alma e enxergar tudo – todos os meus segredos, todas as minhas falhas, fraquezas e vergonhas. Ele parou e titubeou ao responder. "É uma escolha difícil". Foi rápido. Durou tanto quanto podem durar poucos segundos – uma eternidade comprimida. E no minuto seguinte era como se o anterior houvesse desvanecido. Não é isso a passagem do tempo? Minuto a minuto, dissolvendo o que veio antes em memórias que o tempo há de distorcer ou apagar.

Naquela noite, entre uma cerveja e outra, encontrei-o novamente. Estava sentado nas escadas em frente à igreja e gritou meu nome quando passei. Olhei em volta meio perdida, achando que pudessem estar chamando outra pessoa com o mesmo nome, até que o vi. Estava levemente embriagado, mas mantinha a mesma postura séria, ombros firmes, costas eretas, o olhar de quem não se surpreende ou encanta com qualquer coisa. Sentei ao lado dele, brindamos em silêncio e em silêncio ouvimos todo o burburinho ao nosso redor. As pessoas passavam, algumas cambaleando, todas gritando frases para nós desconexas. Falamos sobre o lugar, sobre o dia que acabara de passar e sobre os que ainda tínhamos pela frente. "É bom estar aqui", eu disse. "Aqui ou *aqui*?" Eu ri. "Os dois".

***

A fragilidade dos elos que nos conectam ao passado é a mesma dos que nos ligam ao futuro; eles existem baseados em algo que não é palpável. Como o presente, que num instante é futuro e no outro passado, pendemos entre possibilidades. Os lugares por onde passamos ficam para trás e as memórias são engolidas pelo tempo. Nossos rastros, em pouco, não serão mais notados por quem ainda vive. Nossa presença se esvai, dia após dia, a cada hora, e o esforço para evitar esse processo resulta quase sempre vão.

Dois dias depois, pegamos ônibus diferentes. Mais uma vez, eu olhava pela janela, me deixando maravilhar pelas praias e encostas e imaginando se ele estaria dormindo. À medida que o tempo passava, e a origem se tornava mais distante que o destino, eu via a paisagem mudar do lado de fora. A vegetação cedia espaço a construções de aspecto desagradável e o azul do céu gradativamente perdia a força, encoberto pela camada de poluição.

Tudo ficara para trás. A atmosfera daqueles dias, em um lugar onde respirávamos outro ar e falávamos outra língua, foi ofuscada por uma menos atraente e mais conhecida: da vida cotidiana. O dia após dia que tanto me assombra. Por três dias, fomos testemunhas de um outro lugar. E a praia, o rio, os barcos, o cais, os morros, as pedras estão lá e guardam nossos passos, pedaços do que já é nosso passado. Um desvio de rumo e um intervalo no tempo. Voltamos a nossos caminhos, distantes e diferentes, quase indiferentes, mas antes que o tempo nos faça desaparecer haveremos de retornar. E vasculhar as ruínas do que deixamos para trás.

Na sacada de casa, sei que não é para *este* ponto que gostaria de voltar. Chove, e felizmente ainda tenho tempo ao meu dispor. Uma constante domina meus pensamentos. Nenhuma outra voz será capaz de contar histórias que são minhas. No fim, somos as únicas testemunhas de nossas vidas.

Sempre te vejo de costas

Começa quando ganhamos a liberdade da rua depois que o grupo de 70 pessoas que ocupou a plateia consegue trilhar o caminho de volta até a porta de entrada, agora de saída. Logo em frente, está o muro da escadaria. Alguns grupos se demoram por ali, interrompendo uns os outros em exclamações exaltadas sobre a peça. Outros digitam nos celulares, à espera do carro que os levará adiante.

São muitos destinos possíveis para a mesma noite, para vidas que não as mesmas mas quão semelhantes. Optamos por descer as escadas em direção à rua de baixo, onde caminharíamos até o primeiro lugar em que pudéssemos sentar para comer e beber alguma coisa. Na calçada, ele caminha na minha frente em um trecho estreito.

Os carros passam por nós em alta velocidade. Os faróis me incomodam, e o que vejo são borrões de luz ruidosos demais. Atrás, posso ver a cabeça dele encurvada, cuidando buracos e pedras soltas. Vira o rosto para o lado, não para trás, como se falasse ao asfalto: na próxima quadra conheço um bar aonde podemos ir.

***

Está frio do lado de fora. Uma noite qualquer, e decidimos ir até a Cidade Baixa. Ele leva as mãos à boca em forma de concha, sopra e as esfrega uma na outra. Cara, não tava esperando esse frio.

Olho para o rosto dele sob a luz branca do poste. Aquela expressão ao mesmo tempo firme e suave que eu me acostumei a ver, mais de longe do que perto. Vai demorar ainda, digo, o cara tá terminando outra corrida. Ele puxa dois cigarros do bolso e ali ficamos, enganando o frio em uma calçada vazia.

Ele abre a porta e senta ao lado do motorista. No trajeto, o que vejo é o contorno dos cabelos que escapam ao encosto do banco. Não lembro o nome ou a localização do bar, apenas o vulto que traçou o caminho entre as mesas à minha frente.

***

Nunca sei o quanto gastei até entregar a comanda no balcão. O bar está fechando, tem uma fila. O sentimento costuma ser ambíguo: sabemos que está tarde e precisamos ir embora, mas a vontade sempre é de ficar mais. Ir para outro lugar, acompanhar a noite para que a noite não termine. Ou que terminemos com ela.

Ainda estamos em um semicírculo de conversa quando o grupo anterior passa por nós em direção à porta. Entre um comentário sobre futebol e outro sobre a última temporada de uma série famosa, ouvimos a voz que chama o próximo. Nos endireitamos na fila. Tiro a carteira da bolsa. Olho o celular. Me viro, ele está à minha frente. Um palmo mais alto. Ereto. Em silêncio. De camisa xadrez, azul e preto. Os cabelos cresceram. O sinal do pescoço continua no mesmo lugar.

Sinto o calor do corpo dele a poucos centímetros do meu. Posso respirá-lo. Quero abraçá-lo, mas levanto o braço apenas para ver a hora.

***

Sabe aquela sensação quando tu escuta uma música muito boa, ou que gosta muito, e isso te leva para outro lugar? Tu precisa parar, fechar os olhos ou não prestar mais atenção nas coisas ao redor, e só ouvir a música. Senão perde o momento. Sabe essa sensação? Às vezes me sinto assim contigo.

***

Termina no saguão em frente à porta da cozinha. Trago uma xícara de café recém passado. Esse cheiro é cruel, ele diz quando nossos caminhos se encontram por acaso. O meio da tarde se encaminha para ser o fim. De noite tem uma festa, semana que vem viajamos. Uma dessas pequenas fendas cotidianas: entre um compromisso e outro, às vezes lembramos que somos pessoas.

De repente, ele vira e começa a andar. Estou parada no saguão, com a xícara de café ainda quente, ainda no meio de uma frase. Longe, ele grita, sem se dar ao trabalho de olhar para trás: vai dar certo. Observo enquanto ele continua caminhando, incapaz de me mexer, de sair do lugar. É nesse momento que percebo.

***

Minha vontade é te chamar de canto e avisar baixinho. Tenho muitas coisas pra te dizer, mas preciso que tu queira ouvir. Preciso que seja de frente.

Dançando na beira do abismo

E dançam. Quem conta a história é outra pessoa e a história pode ser a história da música ou pode ser outra coisa. Num fôlego só, você vai lá e escreve. Quero ser John Malkovich. Tantas madrugadas e nunca nos conhecemos de verdade. Ou talvez tenhamos nos conhecido melhor do que todos os bons amigos – ninguém jamais saberá.

O tempo passa como o inexplicável que é.

O vício da ordem cronológica que não é menos absurda que seu inverso; cada passo carrega em si o caminho de volta. Acordar para dar prosseguimento a um espaço de tempo finito entre outros espaços de tempo finitos em um espaço de tempo inconcebível. O descer de três lances de escada seguido pelo deschavear de duas portas e uma hora de caminhada que no fim serão cinco por cento de toda a sua vida.

É fácil querer ser outro.

Olhar-se no espelho e enxergar num espectro para além da imagem refletida as possibilidades e o que poderia ser. Não é dado a ninguém a percepção de uma vida inteira no espaço de um momento, mas um momento pode ser o bastante para perceber o que não se é. Todas as falhas de um homem. Falhei em ser o que acreditava ser destinado a ser, falhei em ser o que acabei sendo, falhei mesmo em ser o que sou.

Meu avô costumava dizer que, na hora em que pensamos em ir, na verdade já fomos. *Na hora de bamo já se fumo.* E o que você pode dizer, afinal, quando se dá conta de tudo? O que você pode dizer quando percebe as falhas? Como você pode gritar e escapar de uma mediocridade viciosa quando as falhas falam mais alto?

Para quem está atrasado, é sempre tarde demais.

Encerrado em um corpo torpe enquanto o apito da chaleira soa eternamente e todos os sons do mundo se unem em um só. Na corrente do não ser, esvaem-se números e feitos. Seremos lembrados por quem quando não houver mais quem possa lembrar?

Vejo o silêncio e ouço imagens quando fecho os olhos.

Esse espaço que não chega a comportar uma vida, mas que grande demais para ser só um momento. Você concorda, você aceita e deixa seguir em frente, *depois a gente vê o que faz*, e antes que possa perceber não há o que ver ou o que deixar seguir em frente. A vida é então a própria vida.

Meu mundo por uma palavra tua, neste que é apenas um momento.

Quando dançamos na beira do abismo.

O único cenário possível para toda uma existência. O braço que envolve suas costas numa caminhada de quarenta e cinco passos até a esquina e o adeus sem jeito ao vencer a rua: a tragicidade e a beleza de uma pitada de afeto diante do peso enorme da vida.

Vai ficar tudo bem

Se o presente se faz ilusão, tanto faz. O que sentimos. O que acreditamos sentir. É como olhar para o céu: vemos o que não está mais lá.

***

Já estava na esquina quando me dei conta, a chave ficou. Esvaziei a mochila para reorganizar as coisas dentro na hora de sair e a chave ficou lá. Sobre uma das cadeiras verdes. Voltei com pressa, um pouco nervosa. Por outro lado, quem roubaria uma chave sem saber o que ela abre?

Ele passou na hora em que eu perguntava na recepção. Tem certeza? Não passaram nem dez minutos. Quem pegaria uma chave?

— Calma, eu espero o chaveiro contigo. Se a gente não conseguir, tu pode ficar lá em casa essa noite e resolve amanhã.

***

Sentamos nos degraus da escada do meu prédio. Em vinte minutos consigo chegar aí, foi a resposta do outro lado.

— Tem certeza que não quer ir? Não quero atrapalhar. E o cara já atendeu, disse que tá vindo.

— Relaxa, não tem problema. Eu não ia fazer nada de qualquer forma.

Ficamos ali sentados, olhando para o hall vazio. De tempos em tempos eu esticava o braço para ativar o sensor da luz.

Que função perder a chave. Trocar a fechadura. E tinha a da entrada do prédio também, a síndica já não ia muito com a minha cara. Mas ao mesmo tempo estávamos ali. Ombro a ombro, dividindo amenidades. Tão perto que se eu não soubesse quem ele era poderia esperar outra coisa. Até que a luz apaga de novo e ele segura meu braço antes que eu possa movê-lo para ativar o sensor.

***

— Viu? Foi bom eu ter esperado. Vamos lá pra casa. Amanhã durante o dia tu passa em algum chaveiro aberto na rua e resolve isso.

Era o jeito. Um jeito que não era jeito, mas era o que eu tinha. Ou o que eu não tinha: mais ninguém a quem recorrer. No banco de trás do Uber, ele deixa nossas mãos se tocarem. Não me olha, não diz nada. É só o toque. Suave, anúncio silencioso.

Ele abre a porta de casa, com uma chave que não sumiu nem foi roubada, e libera o espaço para que eu entre na frente.

— Fica à vontade, a casa é tua. Vou pegar uma cerveja pra gente. Tá com fome?

***

Às vezes a história começa a se desenhar assim, enquanto acontece. Sem que eu preveja ou entenda. As coisas simplesmente acontecem, uma depois da outra. Parece o cenário mais natural do mundo. E no final eu olho para tudo engasgada, incapaz de articular uma explicação, e me pergunto: como foi possível?

***

Vamos te avisar quando saírem os resultados. Agora vai pra casa, toma um banho e descansa. Vai ficar tudo bem.

Foram as últimas palavras que eu ouvi naquele dia, antes de passar no chaveiro. Ele não me devolveu a chave, e eu não poderia entrar, tomar banho e descansar sem que alguém arrombasse minha porta.

Aqui a cerveja é sempre gelada

Começou com a ideia de que éramos uma ideia. E não, sei lá, qualquer coisa indigna de nome. Caminhamos em silêncio por tempo demais até que alguém arriscasse uma palavra. Uma tentativa que pode começar falando sobre a chuva que alagou a cidade naquela tarde. Achei que não fosse chegar. Eu também. Viu a rua ali na esquina?

Centenas de dias que eram só dias. Ninguém dava nada por eles. Um depois do outro. Indiferentes. Pacientes na morosidade do tempo. Chuva, sol, noites tão frias que não gostaríamos de ir embora – nossos corpos inertes no calor da água. E de repente sabemos tudo o que poderíamos saber antes de saber mais. De repente estamos nutrindo silêncios regados pelo receio de ser demais.

Às vezes tenho vontade de usar as tuas palavras. Como se ao me apropriar delas pudesse absorver um pouco de ti, estar mais perto. Respirar o teu ar. Sentir o que tu sente. Entender.

Quando foi que nos deixamos para trás?

***

Do alto do nono andar, não há conteúdo nem fundo. O céu é uma miragem da qual somos parte.

— Eu acho que tu sonha.

— Eu gosto de inventar.

— A vida?

— A vida e o que a gente não vive também.

— O que mais tu quer viver?

— Tuas palavras misturadas com as minhas.

— Seria uma história bem louca.

— Seria.

De onde vêm todas as palavras que a gente joga no mundo?

Gosto de pensar que para elas a seta do tempo funciona de um jeito diferente da nossa. Diferente de nós, as palavras percorrem o tempo em direção ao passado e ao futuro, como bem entendem. Quem sabe se encontrem em pontos que ainda não fomos capazes de imaginar. Ou vamos imaginar no futuro.

Talvez elas passem por nós. Talvez elas sejam esse ponto além que nos falta coragem ou tempo para ser.

***

Em algum lugar, ficamos.

No ar abafado de uma noite quente em uma cidade estranha. As árvores aqui também são mais altas, como os prédios. Tudo feito para nos sentirmos menores. Os morros e montanhas que se misturam com a vida diminuta e veloz que escolhemos levar aqui embaixo.

— Essa é a melhor parte dessa cidade: aqui a cerveja é sempre gelada.

Em qualquer lugar.

O garçom vai e vem substituindo garrafas vazias por cheias, riscando pedaços de papel que depois lembram do quanto gastamos. A medida do dinheiro que também é medida de tempo. Três ponteiros girando para a direita enquanto absorvemos, gole a gole, a bebida que amolece nossos corpos. Deixa os pensamentos mais leves, as conexões mais lentas, faz a gente achar graça da vida. De estar em uma cidade estranha, onde a cerveja é sempre gelada em qualquer lugar, quando os olhos que gostaríamos de encontrar na hora em que baixamos o copo de volta até a mesa estão em qualquer outro lugar.

Olhos de mar

A força da água, vista de cima, parece imóvel.

A poça na calçada refletindo o céu. De repente aquela imagem, entre o verde e o vermelho do semáforo. Você acredita no tempo?

Da mesa onde eu estava podia vê-lo: o café à sua frente, a colher que mexia no líquido, ora sentido horário ora retrocedendo, como se naquele vasculhar pudesse encontrar respostas. Ele ergueu a colher e deixou o gole que ela trazia escorrer de volta para a xícara. Levantou os olhos em um estalo, como se de repente visse tudo. A água. É isso. A água. Mas não era nada. Volta a olhar para o café e vasculhar o líquido com a colher.

Havia algo naquele gesto. As mãos entendiam. O corpo guarda memórias. Os movimentos falam – uma linguagem à parte que dispensa palavras. De fora, eu talvez não movesse além dos olhos enquanto o homem na mesa ao lado percebia que seu corpo dizia algo.

O que haveria lá no fundo? A colher não parecia o instrumento adequado para buscar. Respostas? Era preciso algo que fosse mais longe, que alcançasse além do que os olhos são capazes de enxergar. Ele sabia que poderia ir mais longe, que precisava de mais espaço. Uma força invisível o impelia. De onde vinha? Como uma canção distante. Começa a soar leve, quase inaudível.

Até que arrebenta.

O homem mexia a colher, e o líquido acompanhava o movimento, para um lado, para o outro, cada vez mais depressa, mas não era aquilo, era muito mais, e de repente a xícara já não é uma xícara mas dezenas de pedaços que se espalham pelo chão sobre uma poça de café.

Ele não entendia. Tapou os olhos e apoiou a cabeça nas mãos. As costas movendo-se para a frente e para trás. Também aquele era um movimento que falava. E também lhe falou o movimento que fez quando esticou o braço para alcançar um guardanapo e secar os olhos. Os olhos cor de mar que, quando ele voltou a olhar ao redor, eram a imagem do desespero. Um desespero contido em si, porque aquele grito não seria ouvido nem respondido. Em meio a uma sinfonia de movimentos que gritavam em uma língua que ele não era capaz de compreender. O que me dizem, meu deus? O quê? Por favor, me ajude.

Mas eu não podia. E senti meu peito rasgar naquela dor que se tornava também minha. Restavam a ele memórias presas em movimentos, incapazes de lhe falar de outra forma e lhe apaziguar o coração.

Que se viva com a dúvida

Uma gota de ficção mancha tudo de ficção.

— Não sei se isso é ficção. O que tu acha?

— Acho que tu que decide.

— Mas então, eu não quero decidir. A partir do momento que eu decidir, vai ficar óbvio. E a ideia é justamente não ter essa resposta. Que se viva com a dúvida.

— *Que se viva com a dúvida.*

— Aprendi isso contigo.

***

É um outro lugar. Nem portas nem janelas porque tudo é aberto. Mundo, vasto mundo. Já não ouço mais tua voz. De repente, logo ao lado é longe demais. Vai, tu diz. Eu sei que penso enquanto o tempo passa e o vento sopra e tudo sacode ao nosso redor. Mas não consigo lembrar.

E quando o mundo se abre assim. Tão aberto que apaga pensamentos.

Não nos alcançamos mais. Te estendi a mão tantas vezes. Vem, eu disse. Tão perto, quase conseguindo te tocar. Mas tu não quis segurar. E o espaço entre nós cresceu. Como se precisasse separar o que já não pode estar próximo.

O que nos une é o mesmo que nos separa.

***

— Estou indo embora, mas quero te conhecer.

***

Eu preciso ir e não voltar jamais. É preciso ir e não voltar jamais para que algo possa ficar.

Nem que seja o nada. Nem que seja a ausência das palavras que só dissemos a nós mesmos.

Quero estar contigo. Quero a tua companhia. O amor não existe, mas podemos inventar alguma outra coisa. Um sentimento que todas as palavras de todas as línguas não seriam capazes de articular. Porque só existiria entre nós.

***

— Quero que seja real.

— Tu disse que não queria decidir.

— E eu lá sou capaz de decidir alguma coisa?

— Não tem como ser real.

— Claro que tem.

— Como?

— É só tu dizer também.

***

Somos infinitos.

A criatividade do universo

Há 17 dias prevalece a mesma sensação de que nada mais chegará tão longe. Ao mesmo tempo: mesmo para se arrepender é preciso continuar. É preciso construir para descartar, é preciso abandonar tudo para sobreviver. Cavei um pequeno buraco no jardim, o cachorro me olhando, querendo brincar. Enterrei tudo ali dentro.

Me arrasto pelos dias como se não fossem nada. As palavras saem da minha boca, ingiro líquidos e sólidos, abro e fecho os olhos, cubro o corpo em tecidos de várias cores, finjo existir num tempo que não me interessa. Participo de tudo, e não existo de verdade. Ninguém sabe quem sou.

Do alto do prédio, vejo a lua e um pedaço da cidade. As luzes e os sons. E nem a solidão me acompanha.

Foi tão breve quanto um respiro. Virar o rosto e tirar a boca da água para pegar ar. Nenhuma novidade, tampouco, quanto ao desfecho: sempre nos desfazemos aos poucos. Até que não sobre mais nada.

Às vezes desconfio da criatividade do universo: a história é sempre a mesma. Algumas começam em um brinde sem jeito nesse mesmo terraço, outras na beira de um lago abandonado, no muro de uma rua sem saída, na mesa de um boteco, em duas frases sobre um livro. Mas a diversidade de começos não se repete no final. As palavras cessam do mesmo modo, semana a semana. Brasas que perdem força quando não têm mais o que queimar.

Existiria outra maneira de acabar?

Tão pobre é a realidade que até os resquícios são os mesmos: um bilhete, uma carta, um livro. Lembranças ainda vivas, mas que logo serão como as outras. Pedaços de vida tão improváveis que nos obrigam a questionar o quanto inventamos o passado. Em algum momento, é mais fácil acreditar que mentimos, que as memórias são falsas, que uma história assim só poderia mesmo ter sido inventada.

Coloco o alho e a cebola na frigideira. Cozinho ouvindo músicas para esquecer. Bebo um gole do vinho. Olho pela janela. Caiu uma meia do vizinho do terceiro andar. Devolvo. Junto um pedaço de cebola no chão da cozinha. Tempero o frango. Molho branco. Milho. Curry. Bebo mais um gole do vinho. A música ainda toca. O arroz deixou casquinhas no fundo da panela. De propósito.

Acho que preciso de um coração novo. As palavras que espero ouvir. Não estou em lugar nenhum, longe do pôr do sol.

Termino de comer e deixo o prato na pia. Penso que às vezes é como me sinto. Nem uma coisa nem outra, incapaz de ser algo, ainda mais incapaz de não ser nada. Faz tempo que não encontro uma barata pelo apartamento. Nunca pintei as paredes, e agora já não vejo motivo.

O telefone toca. Tiro do gancho e coloco de volta. Sem atender.

editoraletramento
editoraletramento
grupoletramento
editoraletramento.com.br
company/grupoeditorialletramento
contato@editoraletramento.com.br

casadodireito.com
casadodireitoed
casadodireito

Grupo Editorial Letramento